HENRY MÉRIOT

LES

SCABIEUSES

AVEC UNE PRÉFACE DE VICTOR BILLAUD

ROYAN
VICTOR BILLAUD, ÉDITEUR
1880

LES SCABIEUSES

Royan. — Imprimerie Victor Billaud.

HENRY MÉRIOT

LES

SCABIEUSES

Avec une Préface de Victor Billaud

ROYAN
VICTOR BILLAUD, ÉDITEUR
1880

AUX POÈTES

VICTOR HUGO & VICTOR BILLAUD

A MA FAMILLE

JE DÉDIE MES PREMIERS VERS

H. M.

PRÉFACE

Par une de ces tièdes, molles et lumineuses journées de février qui font gonfler au bain-marie les bourgeons déjà pleins de sève, nous sortions, un jeune peintre italien, sa dame et moi, d'une visite au Campo Santo de Pise, et nous errions un peu à l'aventure dans cette splendide campagne toscane, si bien nommée la Grèce de l'occident. Le jour tombait. A travers l'atmosphère légère et translucide d'un beau soir d'hiver, le cou-

chant empourpré, renvoyait ses reflets roses jusque sur les crêtes lointaines des Apennins. Autour de nous le paysage assombri baignait dans la large gamme des tons violets, aurore de la nuit qui accrochait au front de chaque fleur et de chaque buisson comme une étoile de mélancolie. Et nous cheminions lentement, le regard perdu dans le vague de la perspective estompée, quand, tout à coup, au débouché d'un sentier couvert s'ouvrant sur une voie largement aérée, nous fûmes tirés de cette langueur d'esprit par un piétinement sourd mêlé de murmures discrets. Une procession d'ombres violettes s'avançait gravement vers nous.

— Qu'est cela ? fis-je intrigué.

— Ce sont les religieuses Camaldules, qui fêtent la Saint-Romuald ! répondit mon cicérone.

— Tiens !... vêtues de violet ?...

— Effet du couchant, qui déteint sur leurs robes blanches, reprit-il.

— Quel étrange tableau !

Les nonnes s'avançaient, la silhouette frangée de pourpre par l'horizon en feu. Elles marchaient sans bruit, par groupes séparés. Notre aspect avait suffi pour étouffer sur chaque lèvre jusqu'au souffle timide des confidences. Leurs pas même étaient devenus plus légers. On eut dit une longue bande de nuages sombres glissant mollement sur le chemin.

Le premier groupe passa. Il était grave, raide et d'aspect glacial. On sentait dans chacune des femmes qui en faisaient partie comme un grand air de supériorité. Puis vinrent les autres groupes, et déjà, vers le milieu de la file, la démarche perdait de sa rigidité et l'œil devinait, sous les longs plis des robes lourdes, plus de souplesse dans des articulations riches de synovie. Enfin, presque allègrement, passa le groupe qui fermait la marche. Son allure n'avait plus rien de la réserve monacale. Il s'essaimait, bourdonnait, s'attardait, faisant de ci de là l'école buissonnière, en souriant et cueillant des fleurettes parmi les herbes qui bordaient le chemin ; et, — Dieu me damne ! — je crois même que l'une de ces nonnettes, en passant près, tout près de moi, m'entrouvrit d'un air provoquant l'écrin perlé d'une bouche mignonne. Et comme je manifestais ma surprise :

— Oh ! celles-ci sont de jeunes Pisanes, me dit la dame de mon ami. Dans les grandes occasions elles revêtent le costume de la communauté pour ajouter à l'éclat des pompes religieuses; mais elles revien-

nent rarement de la promenade sans avoir un grain de gaîté. Ce sont toutes de joyeuses filles.

»«

La guirlande poétique de notre excellent ami Henry Mériot nous a très agréablement remémoré ce souvenir de Toscane. Ses jolies Scabieuses *en ont tour à tour la gravité, le charme, le sourire, la couleur et la douce mélancolie. Il n'est pas jusqu'au délicieux Eden dans lequel ces fleurs symboliques ont poussé qui ne nous rappelle notre merveilleux paysage des rives de l'Arno, avec son enivrante atmosphère d'alors : on ignore si le rayon qui sourit dans ces poêmes est un regret attardé des chauds effluves de l'automne ou un messager du printemps près de revenir. Avec notre ami, cependant, il faut aujourd'hui encore augurer du retour d'avril. Bien qu'il n'en fasse pas l'aveu nous aimons à croire que c'est le plus souvent pour la rime que son sang coule. Il n'y a pas place, dans un cœur jeune et jamais éprouvé, pour un deuil profond. Aussi, un beau jour, oubliant enfin les souffrances factices, il rencontrera sur son chemin, avec la chère Fée qui grandit sous les yeux de l'aïeule, la petite maison blanche qu'égaient les pampres et que couronnent les iris et la giroflée, le toit hospitalier et le foyer consolateur.*

— Quel ravissant séjour vous aurez là, ô Barde, pour donner l'essor à ces strophes ailées qui, vêtues d'un rayon de soleil, s'envolent ivres d'espace en gazouillant comme les oiseaux aimés du bon Dieu.

VICTOR BILLAUD.

LES SCABIEUSES

L'Essor

Ainsi je jette aux vents ces vers que j'ai glanés,
Pensif, en regardant les étoiles éclore ;
Humble essaim d'oiseaux bleus s'envolant vers l'aurore,
Epris à tout jamais des climats fortunés.

Ils sont restés longtemps en des cassettes closes,
Mêlés aux souvenirs de profondes amours,
Auprès des bijoux noirs, des colliers de velours ;
Ils ont l'ancien parfum des vieilles primeroses.

Ils iront sans fierté vers les croyants de l'Art
Dont mon âme a senti les vaillantes étreintes,
Mais s'ils sont sans orgueil ils sont aussi sans craintes,
Caressant l'Idéal d'un austère regard.

Or, ils ont au départ salué le grand-prêtre
Hugo, Musset, Gautier le maître ciseleur,
Et tous ceux dont le front a gardé la pâleur
Du baiser de la strophe ardente ou longue à naître.

Allez, égrenez-vous, ô rêves de mon cœur ;
Le ciel lamé de pourpre et d'argent vous convie;
Doux paladins de l'air, voyageurs que j'envie,
Partez, gagnez l'Ether d'un coup d'aile vainqueur.

AFFINITÉS

A Victor Hugo

Par les soirs étoilés, sous la splendeur des astres,
Sous les mondes roulant à jamais dans les cieux,
J'erre, poète obscur, penseur silencieux,
Ouvrant à Dieu mon cœur plein d'éternels désastres.

L'oiseau mélodieux, le doux chantre des nuits
A bercé mes douleurs de ses notes perlées ;
Et le fantôme cher des heures écoulées
Comme un ange gardien apaise mes ennuis.

J'écoute avec émoi les lentes harmonies
Des brises qui s'en vont jasant dans les roseaux ;
Et j'entends le babil des modestes ruisseaux,
Dont les concerts sont pleins de douceurs infinies.

Mais les parfums subtils des grands arbres rouillés,
Les liserons grimpants desséchés sur leurs vases,
Dans le vieux parc témoin des anciennes extases
Ont fait revivre en moi les rêves oubliés.

Et je demande à Dieu s'il est, après la vie,
Un monde où les heureux qui se sont bien aimés
Voient se rouvrir encor les paradis fermés
Et renaître pour eux la vision ravie !

Si mon cœur, enserré dans un morne abandon
Depuis que la Très-Chère est là-bas, sous les saules,
Pourra rêver encore aux divines épaules
De cet ange envolé dont j'attends le pardon.

Et retournant sans trêve à cette époque ancienne,
Pleine de purs aveux, doux séraphins vermeils,
Je cherche, ô Nuit, parmi tes radieux soleils,
Ceux où doit résider son âme aérienne.

Les chiffres enlacés des platanes verdis
Parlant tout bas d'amour à l'essaim des doux anges
Qui versent à la fleur les arômes étranges,
Réveillent par instants mes pensers alourdis.

O blés qui, sous le ciel, comme une enluminure,
Mariez à l'azur vos immenses fonds d'or,
Combien de riches tons, formant votre trésor,
Avez-vous pris à sa magique chevelure ?

Marguerites des prés que les enfants naïfs
Effeuillent, le cœur plein de notes amoureuses,
Souvent sa voix dicta les réponses heureuses
Que vos pétales font aux rêves primitifs.

Je retrouve aujourd'hui dans chaque chose aimante
Le souvenir confus des rêves d'autrefois,
Et mon âme subit les délicates lois
Du lis blanc qui s'entr'ouvre et du doux nid qui chante.

Aussi, lorsque viendra pour moi le dernier jour,
Si j'ai passé déçu sur l'océan du monde,
J'aurai su conserver la mémoire profonde
De l'enfant dont la mort a brisé mon amour.

Douleur Silencieuse

A N. Pasquier

Dans la boîte capitonnée
A clous d'or, au brillant contour,
Sommeille une rose fanée
Auprès d'une lettre d'amour.

Entre les feuillets d'un beau livre,
Œuvre de son Poète aimé,
J'ai mis, souvenir qui m'enivre,
Son chaste portrait parfumé.

Enfin, précieuse relique,
Je garde en un médaillon noir
Des cheveux que, mélancolique,
Elle me laissa prendre un soir.

Cheveux, fleur, image chérie,
Restes d'heureux rêves passés,
Parfois je m'agenouille et prie
Devant vos vestiges froissés.

En mon âme, cité dolente,
Calice de larmes empli,
J'évoque l'image tremblante
De l'Adorée au front pâli.

Et ces humbles débris, épaves,
Seuls hôtes de mon cœur désert,
Ont les parfums tendres, suaves,
De l'Été blond, du Printemps vert.

Ils me parlent de la soirée
Où, dans un confiant aveu,
L'Enfant divine, enamourée,
Leva vers moi son bel œil bleu.

Elle était blonde, mièvre, frêle,
Noble, pure comme un grand lys ;
Et Phidias et Praxitèle
Eussent aimé ses traits pâlis.

Belle comme un camée antique,
Rêveuse ainsi qu'Ophélia...
Je n'eus que cet aveu pudique
D'un cœur que le mien supplia.

Sa vie était la page blanche
Où je traçai mes premiers vers ;
Fleur d'un jour comme la pervenche,
Elle dort sous les cyprès verts.

Et depuis que la bien-aimée
A fui dans un dernier adieu,
Mon âme à jamais s'est fermée,
Et je ne crois plus au ciel bleu.

LES HOMMES DE MER

A Victor Billaud

Sur les sables dorés de nos grèves désertes,
Apportant avec eux des monceaux d'algues vertes
Et roulant à grand bruit, les flots viennent mourir.
Le gai soleil épand ses rayons sur les ondes,
Tandis qu'au loin, là-bas, sur leurs masses profondes,
Le vaisseau qui s'en va n'est plus qu'un souvenir.

Les grands oiseaux de mer aux larges envergures,
Qu'on prendrait de bien loin pour les frêles voilures
Des bons pêcheurs bretons, s'en vont chaque matin,
Sécher aux feux du jour les nocturnes buées,
Tandis que dans l'azur plein d'épaisses nuées
Le soleil resplendit comme un phare lointain.

Oh ! comme tout est gai sur l'océan immense !
Le vent qui vient vers moi répète la cadence
D'une chanson d'amour au rhythme solennel ;

Ce sont les gais marins qui jettent dans l'espace
Cet hymne de bonheur, et la brise qui passe
M'apporte son parfum qui monte à l'Eternel.

Ils vont, ils vont sans peur vers des plages lointaines,
Sans craindre des autans les lugubres haleines,
Dans le fond de leurs cœurs gardant le souvenir
De ceux qui sont là-bas, dans la chaumière blanche,
Attendant leur retour et qui chaque dimanche
Vont prier, les regards tournés vers l'avenir.

Oh! combien j'en ai vu de roses fiancées
A l'autel de la Vierge élever leurs pensées!
Et comme il m'en souvient! que de cierges brûlés!
Que de bouquets donnés à la Sainte Madone!
Que de voiles brodés offerts à la patronne
Des matelots absents, par des cœurs désolés!

Et comme on parle d'eux, le soir, dans les veillées!
Lorsqu'autour du foyer les femmes assemblées
Recousent une voile ou filent lentement;
Cependant qu'au dehors la vague qui se brise
Vole en tourbillons blancs emportés par la brise
Qui redit son chant rauque et se plaint tristement.

Et quand au vieux clocher du repos sonne l'heure,
Quand on est retourné chacun dans sa demeure,
Et qu'on dit à genoux la prière du soir, —
Les mères, avec foi, lèvent leurs mains tremblantes
Vers l'ancien crucifix d'où pendent, chancelantes,
Au bas de l'humble croix des tiges de buis noir.

On attend de longs mois sans se plaindre, en silence;
Chaque jour qui s'en va ramène une espérance
Dans ces cœurs envahis par les chagrins amers;
Mais beaucoup sont restés dans les folles tempêtes,
Dont l'Océan, hélas! roule les blancs squelettes
Au sein mouvant des flots, comme en des linceuls verts.

Cependant un matin quelque pêcheur alerte,
Debout avec le jour, voit sur la mer déserte,
Là-bas, bien loin, ainsi qu'un gigantesque oiseau
Qui paraît, disparaît et reparaît encore,
Se détachant, confus, sur le front de l'aurore,
Comme une perle blanche, un gracieux vaisseau.

Le navire grossit; c'est bien là la corvette
Qui partit l'an passé; déjà, sur la dunette,
Les matelots heureux célèbrent le retour:

Les pavillons pourprés et les flammes légères
Flottent dans le ciel bleu plein d'ardentes lumières
Que le soleil répand pour fêter ce beau jour.

Ils arrivent enfin sur la terre bénie !
Ils baisent en pleurant le sol de la Patrie,
Se jettent, pleins d'amour, sur des cœurs adorés ;
Et ces durs nautoniers aux poitrines puissantes
Mêlent à leurs sanglots des paroles tremblantes,
Tandis que d'autres ont des regards effarés.

Alors, dans la chapelle, on pare la Madone ;
Les filles de la mer apportent leur couronne ;
Et les riches colliers des pays inconnus
Ruissellent de son cou sur sa tunique blanche ;
Un diadème d'or pare son front qui penche,
Cadeau qu'ont rapporté ceux qui sont revenus.

Demain, c'est le grand jour ; les chanteuses ailées
Du vieux clocher aigu répandront leurs volées,
Et jetteront à l'air leur écho frémissant.
Les fillettes mettront leurs plus belles parures,
Et les marins iront, suivis de leurs futures,
Bénir dans le saint lieu le Seigneur tout puissant.

Travailleurs de la Mer ! Peuple énergique et mâle !
J'aime vos front ridés et brûlés par le hâle ;
Vous gardez dans vos cœurs une noble fierté ;
J'aime le calme pur qui règne dans vos âmes ;
Mon vers en vous chantant étincelle de flammes,
Et je célèbre en vous l'immortelle Beauté !

Poème de Mai

A André Lemoyne

Sous les berceaux ombreux des pâles clématites,
Les heureux sont allés pour un instant s'asseoir,
Et dans l'obscurité calme et pure du soir,
Ils forment un bouquet de blanches marguerites.

Ils échangent, tremblants, de naïves promesses ;
Chaste, les yeux baissés, et lui pressant la main,
Elle répond bien bas : Je reviendrai demain,
A l'amant qui lui dit ses divines tendresses.

Les riches églantiers sont tout chargés de roses ;
Le renouveau pour eux a fait neiger ses fleurs.
Ils frôlent en passant les longs rameaux en pleurs
Des saules, dans le bois tout plein de fleurs écloses.

Ils aiment, ils n'ont pas vidé la coupe amère
Des désillusions aux breuvages puissants.
Ils contemplent, pensifs, le livre des vingt ans
Dont les feuillets dorés sont remplis de mystère.

Chaque arbre maintenant porte une histoire écrite
En chiffres enlacés très-amoureusement,
Et l'on croirait ouïr dans les chansons du vent
Un écho tendre et frais des vers de Théocrite.

A l'unisson des cœurs la Nature est heureuse ;
Philomèle aux grands bois dit ses refrains perlés ;
Foulant leurs tapis verts, sous les cieux étoilés,
L'amoureux est venu fêter son amoureuse.

Les poètes en proie à la mélancolie
Vont, cherchant dans leur âme une ode à la Beauté ;
Leurs yeux, pleins des rayons du Printemps enchanté,
Implorent les accents de la Muse chérie.

Quand donc reviendrez-vous, ô la plus adorée ?
Je veux voir vos grands yeux, dont l'immuable azur
Est jaloux, et vos mains, Paros au galbe pur,
Dont je garde l'image en mon âme éplorée !

. . . .

Les amants sont partis... et j'ai surpris dans l'ombre
Le bruit de leurs baisers, je me suis souvenu
Que j'ai laissé là-bas, au pays bien connu,
Mon doux rêve; et voilà pourquoi je reste sombre,

Et j'ai le mal amer des vieilles souveances;
Les regrets du bonheur trop vite évanoui;
Aux souvenirs d'antan je demeure ébloui,
Et me prends à douter des nobles espérances.

Car chaque heure, pour moi, vibrera, grave et lente,
Tant que, les yeux tournés vers l'horizon lointain,
Les heureux souriront en se pressant la main,
Cependant qu'en mon cœur je pleurerai l'Absente!

— —

La Cathédrale

A M. E. Hérisson

J'aime à voir se dresser tes colonnes sans nombre,
Et ta profonde nef, asile grave et sombre
Que parfume, embaumé, le souffle du Seigneur;
J'aime tes grands vitraux, tes larges alvéoles,
Les prophètes géants que portent tes épaules, —
Et tes autels sacrés font tressaillir mon cœur.

Tes titans de granit, fermes sur leur assise,
S'élancent dans les cieux, et leur crête indécise
Va se mêlant, confuse, avec l'ombre des soirs;
Les rayons flamboyants de ta grande rosace
Comme des yeux béants regardent dans l'espace,
Tandis que dans le chœur fument les encensoirs.

Oh! quand l'orgue reprend l'harmonieux cantique
Qui vibre sous ta voûte, ô sainte basilique,
Tu tressailles d'amour; dans tes murs étonnés

L'écho du chant divin se mêle à la prière
Des fidèles courbés sous ta mante de pierre
Et des archanges d'or sur l'autel prosternés.

Les oiseaux font leurs nids sous ta large gouttière,
Et chantent, eux aussi, dans la nature entière
L'hosanna qui s'en va vers les cieux infinis;
Et la bête à bon Dieu lentement se dérobe,
Quand viennent les frimas, sous les plis de la robe
De tes séraphins endormis.

Tes grands trèfles à jour sont des cadres mauresques
Partout enguirlandés de folles arabesques
Qui laissent entrevoir un lambeau de ciel bleu;
Et les dragons ailés qui vomissent des flammes,
Des éclairs de leurs yeux tranchants comme des lames,
Et de leurs poings fermés semblent menacer Dieu.

L'archange byzantin aux ailes étendues
Plonge son doux regard au sein profond des nues,
Et semble s'élancer de son dôme imposant;
Les martinets légers viennent frôler leurs ailes
Aux vitraux décorés d'admirables dentelles,
Paladins de l'air pur balancés par le vent.

Dans la nuit, sur l'autel, les lampes suspendues
Eclairent les tableaux sur les murailles nues,
Et font jaillir les saints de leurs cadres dorés ;
Les anges de Rembrandt, dans l'ombre de leurs toiles,
Se détachent ainsi que les blanches étoiles
Qui jettent dans les cieux leurs rayons colorés.

Giotto le primitif se mêle à Calabrèse,
Saintes de Ribeira, tableaux de Véronèse,
Rubens éblouissants de chair et de couleur ;
Tintorets, Titiens, Carraches angéliques,
Vierges de Murillo cachant leurs fronts pudiques,
Sous des voiles d'azur dérobant leur pâleur.

Tous les maîtres anciens de la vieille Italie,
Tous les élus de l'art que la Mélancolie
A couronnés au front d'un diadème d'or ;
Ces nobles ouvriers dont les grandes pensées
Resteront à jamais sur la toile tracées,
Tous ceux dont le génie a su tromper la mort.

Tous sont là, défiant les écoles futures,
Et nous montrant du doigt leurs sublimes peintures,
Ces chefs-d'œuvre divins conçus par des géants ;

Ils sont bien vieux : pourtant leurs suaves madones
Et leurs Christs expirants, fermant leurs yeux atones,
Sont immenses auprès de nos travaux d'enfants.

J'aime au cœur de tes tours, ô sainte basilique,
Lorsque le gros bourdon va donner la réplique
Aux concerts s'échappant des clochers d'alentour ;
J'aime entendre le soir tes divines chanteuses
Jeter dans l'air ému leurs voix harmonieuses,
Et finir en grondant leur cantique d'amour.

Quand dressant dans la nuit, comme deux sœurs jumelles
Les pics silencieux de tes aiguilles grêles,
Amante, tu t'endors aux baisers du zéphir,
De tes clochers pensifs, entourés de mystère,
Le front heurte les cieux, les pieds fouillent la terre,
Et laissent dans notre âme un puissant souvenir.

La Tombe d'un Enfant

A Berthe Lafoy

Il était jeune encor cet enfant qu'à sa mère
On ravit, ô douleur ! car il devait mourir ;
Il devait jusqu'au fond vider la coupe amère
Qu'un bourreau lui tendit, et son drap funéraire
A couvert un martyr.

Il était noble et beau ; son front rempli de grâce
Rayonnait, couronné d'un long voile d'amour ;
Mais bientôt la douleur y burina sa trace ;
Sa beauté disparut ; telle, la fleur qui passe
A la fin d'un beau jour.

Ses cheveux ondulés comme des fils de soie
Paraient son fier visage où régnait la douceur ;
Et son corps, gracieux comme un roseau qui ploie,
Se brisa ; son cœur pur, jadis si plein de joie,
Fut rempli de douleur.

Et maintenant il est au ciel parmi les anges ;
Et l'enfant attristé garde le roi des cieux.
Dans les concerts émus que chantent les archanges
Sa voix domine encor les divines phalanges
Aux chants harmonieux.

Il apparut un jour au lever de l'aurore,
Pâle et chétive fleur qu'un faible rayon dore,
Et puis il s'éteignit quand arriva le soir.
Sa pauvre âme est partie ainsi qu'une hirondelle
Qui glisse sur les flots, effleurant de son aile
L'immense abîme noir.

Sur son petit tombeau des groupes de génies,
D'anges, de séraphins et de sylphes légers
Descendent chaque nuit des sphères infinies :
Ils vont, portant au cœur de saintes poésies,
Trouvères éternels des mondes étrangers.

Et le blanc mausolée à la saison des roses
Se couvre d'églantiers et de coupes écloses
Qui s'ouvrent lentement à la fraîcheur des nuits.
Puis, lorsque le soleil à l'orient s'élance,

L'essaim remonte au ciel...... Soudain le jour s'avance
Avec ses mille bruits.

Dans les bois parfumés les oiseaux sont en fêtes ;
Au lointain l'on entend la chanson des fauvettes ;
Sous les arbres touffus murmurent les ruisseaux ;
Dans l'asile de paix, sur les tombes nouvelles,
On voit se balancer, parmi les immortelles,
Bien des petits oiseaux.

Dors, enfant des douleurs, ou, comme Jérémie,
Pleure encor sur tes maux ; que ton âme endormie
S'éveille par instants ; qu'elle revienne encor ;
Qu'elle revienne, ami, dans les chants du poète,
Car lui seul peut orner ta gracieuse tête
D'une couronne d'or.

Soleil Couchant

A Clément Girardeau

Le soleil se couchait, splendide,
Avec ses mille gerbes d'or ;
Au sein des cieux, la Nuit, timide,
Allait reprendre son essor.

Couverts de manteaux d'émeraude,
Ornés de bouquets diaprés,
Les champs avaient la teinte chaude
Que jetaient les rayons pourprés.

Déjà, dans la grande Nature
Les bruits allaient s'affaiblissant ;
Les insectes, sous la verdure,
Se disaient bonsoir en passant.

Bonsoir ! disaient les tourterelles
A leurs amis aux pieds rosés
Qui s'enfuyaient à tire-d'ailes ;
Bonsoir, messieurs nos fiancés !

Une rose blanche, amoureuse,
Sur un scarabée or et vert
Fermait ses pétales ; l'yeuse
Etendait ses rameaux dans l'air.

L'*Angelus*, à toute volée,
Sonnait au clocher du hameau ;
Chaque pâtre, dans la vallée,
Reconduisait son blanc troupeau.

Oh ! quel magique paysage !
Berghem et Claude le Lorrain
Auraient peint cette belle page
S'ils l'eussent trouvée en chemin.

Le grand poême de tendresse
Se déroulait sous le ciel bleu ;
L'hymne des êtres en liesse,
Calme, pur, s'élançait vers Dieu.

Un couple à la mine riante
Passait dans un sentier poudreux ;
C'était une fille charmante
Que guidait son pâle amoureux.

Ils portaient la harpe sonore
Des nomades Bohémiens ;
Depuis le lever de l'aurore
Ils suivaient ainsi les chemins.

La Gitane était bien jolie
Sous ses haillons bariolés ;
Par instants, la brise attiédie
Jouait dans ses cheveux bouclés.

Ils se regardaient en silence,
Heureux, car au fond de leurs cœurs
Rayonnait cet amour immense
Que Dieu fait avec ses splendeurs.

En eux l'éternelle Harmonie
Dont chacun entend les accents
Au moins une fois dans la vie,
Disait les plus purs de ses chants.

Que leur importait la misère !...
N'avaient-ils pas, eux, les bannis,
Ces trésors que l'âme préfère,
Leurs doux rêves par Dieu bénis ?

Mais déjà, couvrant la campagne,
On voyait l'ombre s'abaisser ;
Et, lentement, à sa compagne,
Le Bohémien prit un baiser.

On eût dit la Mignon pensive
Du divin poême allemand,
S'abandonnant, chaste et craintive,
Entre les bras de son amant.

Bientôt, sous la voûte infinie,
Suivant le chemin poussiéreux
Et me laissant sa poésie,
S'évanouit le couple heureux.

. . . .

Rêveuse, sous sa robe noire
Où scintillaient mille clous d'or,
La Nuit, radieuse en sa gloire,
Dans les cieux prenait son essor !

Paysage Espagnol

A Antoine Duplais

Le soleil, dans les cieux,comme un grand disque rouge,
Embrase l'horizon d'éclatants rayons d'or.
C'est cette heure du jour où chaque nid s'endort :
Sur les paisibles eaux pas un roseau qui bouge.

Du clair miroir des lacs, près des saules plaintifs,
Emergent des iris aux teintes chatoyantes ;
Et les nymphéas grecs ainsi que les acanthes
Prennent aux papillons de longs baisers furtifs.

C'est l'heure où les enfants, sous leurs paupières closes,
Voient les séraphins bleus et blancs aux cils frangés ;
On sent passer dans l'air des parfums d'orangers ;
Sous les vents attiédis vont se pâmer les roses.

Soudain, vers le couchant, surgit un cavalier
Maigre, bardé de fer, sur sa cavale étique,
Comme un campéador plein de grandeur antique,
Que suit, traînant son âne, un grotesque écuyer.

Don Quichotte et Sancho : celui dont la folie
Arrache l'opprimé des mains de l'oppresseur ;
Dont l'œil profond et sombre est pur, et l'âme sœur
De la bonté sublime, éternelle, infinie.

Il va par monts et vaux, le paladin errant,
Fou, mais voulant le bien partout sur son passage ;
Il est plus d'un esprit dont on dit : « c'est un sage ! »
Dont l'œuvre est bien moins belle et le cœur bien [moins grand.

Le héros incompris à l'austère visage
Se détache en vigueur sur les clartés du soir,
Cependant que là-haut, dans le fond du ciel noir,
Pleure en cherchant les siens quelque cygne sauvage.

La nuit vient à son tour qui s'étend sur les plaines,
L'horizon a perdu son voile à franges d'or,
Et l'écuyer fidèle et le campéador
Gravissent en songeant les collines lointaines...

IDYLLE AUTOMNALE

A Mlle Clara ***

Oh ! quelle nuit mystérieuse !
Ainsi qu'un luth éolien,
Aux bois, la brise harmonieuse
Disait son chant aérien.

Sur le tapis de feuilles mortes
Nous allions lentement tous deux,
Et du printemps les senteurs fortes
Enivraient nos cœurs amoureux.

Nous marchions rêveurs, sans rien dire,
Tremblants, confus d'un tel émoi ;
Parfois, avec un doux sourire
Elle penchait son front vers moi.

Alors, de ses cheveux splendides
Je cherchais le parfum puissant,
Et mes pauvres aveux, timides,
Mouraient sur ma lèvre en passant.

Dardant ses rayons blancs, la lune
Sous son globe d'argent poli,
Ornait d'une auréole brune
Son beau visage au teint pâli.

Dans ses magiques tresses blondes,
Brillait, simple et riche décor,
Charmant mes extases profondes,
Une pâquerette au cœur d'or.

On eut dit la Mélancolie
Qu'on voit chez les maîtres anciens,
Front penché, noblesse accomplie,
Taille frêle aux contours païens.

Que de tableaux dans ma pensée
Evoquait cet être chéri !
C'était la blanche fiancée
Du sombre Dante Alighiéri,

C'était la Laura du poète
Aux doux sonnets remplis d'amour,
La Fornarine dont la tête
A charmé Raphaël un jour.

De sa robe de velours sombre
Retenant les flots somptueux,
Elle semblait la sœur de l'Ombre
Aux mystères voluptueux.

La nuit, ma complice fidèle,
S'épaississait... La tête en feu
Je m'agenouillai devant elle
En murmurant un tendre aveu.

Un seul mot que j'entends encore,
Un mot qui me fut dit tout bas,
En mon âme vibra, sonore,
Et je l'attirai dans mes bras.

La nuit garda notre promesse...
Tout mon bonheur s'est envolé ;
Mais dans les heures de tristesse
Ce souvenir m'a consolé.

Un beau matin elle est partie,
Laissant le roman commencé...
Le plus beau rêve de ma vie
Page à page s'est effacé.

Comme le parfum reste à l'urne
Bien longtemps après la liqueur,
Telle, cette Idylle nocturne,
A laissé le sien dans mon cœur !

Les Ondines

A M. Serbat

Sur les bords ombragés du fleuve solitaire
Le vent courbait les joncs et les bruits de la terre
Allaient, s'affaiblissant, dans le calme des nuits ;
Les peupliers hautains dressaient leur tête sombre,
Les blanches fleurs des eaux étincelaient dans l'ombre,
Et des petits grillons, seuls, j'entendais les cris.

La cloche d'un couvent perdu dans la vallée
Jetant dans l'air ému sa plainte désolée,
Pleurait sinistrement quelque moine défunt ;
Poète enthousiasmé, foulant l'herbe fleurie,
J'allais, songeant tout bas, l'âme calme, ravie,
Aux buissons du chemin m'enivrant de parfum.

La Nuit avait vêtu sa pelisse étoilée,
La lune étincelait, de ses vapeurs voilée,
La nature entonnait son hymne au Créateur ;

Et les flots, qu'on eût dit semés de perles blanches,
Miroitaient sous le ciel, baignant les longues branches
Que leur abandonnait un grand saule pleureur.

Soudain je m'arrêtai ! Les sons purs d'une lyre,
Qu'accompagnait au loin une voix en délire
Que la brise apportait, vint mourir près de moi ;
C'était une suave et divine musique,
Un air vague, plaintif, un concert séraphique,
Chanson passionnée et cantique de foi.

Et d'instants en instants les sons se rapprochèrent,
Mêlés à d'autres sons ; puis les eaux solitaires
Resplendirent au loin d'une immense clarté ;
Et je vis, — un moment, pour moi ce fut un songe,
Un mirage trompeur, un étrange mensonge,
Mais il fallut me rendre à la réalité, —

Des fantômes voilés glissant sur l'onde pure
Et tirant de leurs luths un magique murmure ;
Lors je pus distinguer leurs célestes contours ;
C'étaient des spectres blancs, des femmes gracieuses,
Des madones de l'air aux voix harmonieuses,
Telles qu'on en voudrait pour les aimer toujours.

Il disait, leur doux chant: « Nous sommes les Ondines
Et les dames d'atours de la Reine des flots ;
Jamais nos grands yeux bleus n'ont versé de sanglots,
Des cœurs ardents et purs vibrent dans nos poitrines ! »

Il disait, leur doux chant: « Nos poètes aimés
Dans un palais d'azur charment la souveraine,
Et nous avons aussi pour distraire la reine
Les fleurs dont nous ornons nos palais embaumés. »

Et leur groupe fuyait, fuyait vers le rivage;
La belle vision s'éteignit ; le mirage
Disparut sous les eaux, me laissant son parfum ;
La cloche d'un couvent perdu dans la vallée,
Jetant dans l'air ému sa plainte désolée,
Pleurait sinistrement quelque moine défunt.

La Coupe

A A. Vincent

Comme Benvenuto, le maître ciseleur,
Artiste convaincu, j'ai, pendant dix années,
Vu naître lentement sous mes mains étonnées
Une coupe d'airain où j'ai mis tout mon cœur.

Dans ses flancs niellés j'ai buriné l'histoire
Des quelques jours heureux qui planent sur ma nuit ;
J'en rêve maintenant dans les heures d'ennui :
Le bonheur est fugace et j'ai longue mémoire.

O mon passé naïf et riant! mon passé
Splendide où je rêvais auprès de l'enfant blonde !
O clavier frémissant d'une ivresse profonde
Aux baisers de ses doigts!... tout un monde effacé...

Tout mon espoir enfui, fleur par l'hiver brisée,
Que les autans m'ont pris et n'apporteront plus ;
Bonheur dont j'aime encor le fantôme confus
À qui Dieu refusa sa goutte de rosée !

Comme Pygmalion se prosterna jadis,
Amoureux à jamais de son œuvre immortelle,
Tel, j'ai penché mon front éploré devant celle
Que mon âme a surprise aux anciens paradis.

Car dans les entrelacs des cactus et des roses,
Au sein des lys d'argent qui plaisent à mon cœur,
J'ai gravé froidement mon amère douleur,
Et dit au métal pur la tristesse des choses.

Puisse-t-elle penser, l'absente, quelque soir,
Quand les nids chanteront sous l'ombreuse ramée,
Qu'elle fut au printemps ma douce bien-aimée,
L'épouse de mon cœur et reste mon espoir ;

Que parfois la douleur est sœur de l'espérance ;
Qu'il en est qui n'ont pas même le souvenir ;
Et qu'on peut, ici-bas, quoi qu'il puisse advenir,
Passer fier, le front haut, en aimant sa souffrance.

Puis l'art nous reste, à nous, les jeunes, qui portons
Son drapeau ; nous aimons nos vers sombres et mâles,
Qu'importe si la veille a laissé nos fronts pâles
Et si le livre un jour achevé, nous partons ?

Nous serons toujours grands en restant solitaires ;
Rêveurs échevelés, loin des orgueils humains,
Nous irons sous les cieux nous tenant par les mains,
Demander aux forêts leurs solennels mystères.

Lors, ouvrant aux déçus qui n'ont plus d'avenir,
Mon cœur glacé, mais fort, la lèvre souriante,
Pour qu'ils fassent ainsi, dans l'œuvre patiente
Je boirai longuement le vin du souvenir.

Plaie Ouverte

A M. A. Thomé

Je sens vibrer en moi de puissantes pensées
Aux souvenirs amers d'un passé douloureux ;
Et dans mon cœur tout plein d'affections froissées
Je souffre un dur martyre à l'aspect des heureux.

Car mon âme, pareille aux tristes cimetières,
Est pleine des tombeaux, marbres prématurés
Des êtres bien aimés, des êtres adorés,
Dont je conserverai, là, les images fières.

C'est la Nécropolis où sont les grandes croix
Que mes deuils déchirants sèment de larmes blanches ;
Parfois j'y vais errer longuement, sous les branches
Des cyprès, près de ceux qui m'aimaient autrefois.

Et je suis tristement en proie aux remembrances
De ces chers morts. — Je sens que mon cœur abattu,
Pour toujours désormais amèrement s'est tu,
Hélas ! inaccessible aux saintes espérances.

J'attends patiemment que le dernier manteau,
Le manteau de terre, ait recouvert mon corps blême,
Et lorsque sonnera pour moi l'heure suprême,
Je marcherai, joyeux, à la nuit du tombeau.

Et je serai bien seul, et je sais que personne
Dans ce monde menteur où je n'ai rien laissé,
Ne troublera jamais le repos monotone
De mon corps endormi dans un linceul glacé.

Ma Gloire

A Prosper Thomé

Oh ! si parfois, poète ignoré, je pus croire
A mes rêves dorés de bonheur et de gloire,
Pardonnez ! ce ne fut qu'un instant, emporté
Que j'étais par l'Enfant qui chante à mon côté.
Certes, lorsque je pris ta main, ô bien-aimée!
Quand, rêveuse, tu vins, la lèvre parfumée,
Et que, joyeux ainsi que de blonds écoliers,
Nous allâmes courir à travers les halliers,
O muse ! il m'arriva d'espérer la couronne
Et la palme que l'Art sévère à la fin donne
Aux poètes. — Hélas ! trop rude est le chemin,
Et bien peu de rêveurs les portent à la main
Les insignes sacrés qu'on destine au Génie,
J'étais trop faible encor, et la route infinie

S'étendait devant moi, poudreuse, reflétant
Les torrides rayons du soleil éclatant :
Grave et fier, j'avançais, lorsque soudain, sinistres,
Les Lâches, les Maudits, les Pasquins, et les Cuistres,
Les Ilotes bavant leur bourgeoise gaieté,
Prirent mon rêve pur, mon beau rêve enchanté,
Et, féroces, brisèrent entre leurs mains affreuses
Tout mon espoir. Alors des larmes douloureuses
Jaillirent de mon cœur. — Muse, depuis ce jour,
Je n'aime plus la Gloire et je crois à l'Amour.

Les Temps Passés

A M. Lessieux

Vous souvient-il encor du temps où nos poètes
Faisaient vibrer dans l'air leurs naïves chansons ?
Où l'églantine d'or qu'ils portaient à leurs têtes
Les faisait souverains de ces divines fêtes
Où luttaient corps-à-corps, couverts de leurs blasons,
Les nobles troubadours à l'humeur vagabonde ?
La Poésie, alors, cette reine du monde,
Comptait bien des vaillants sous les replis sacrés
De son étendard d'or, bien des cœurs inspirés !

Vous souvient-il du temps où la noble Italie
Vit son beau front s'orner des plus riches joyaux ?
Où son doigt souverain, guidé par le génie,
Montrait à ses élus une route choisie,

Où chaque jour on vit des chefs-d'œuvre nouveaux ?
Où le peintre d'Urbin, le jeune homme au nom d'ange,
Passait, beau, souriant, le cœur rempli d'amour,
Près d'un autre rêveur, le sombre Michel-Ange,
Demi-dieux dont les noms grandissent chaque jour.

L'art était grand alors, et les amants des muses,
Les peintres, les sculpteurs voyaient le but sacré ;
Ils écoutaient dans l'air les mille voix confuses
Qui répétaient leurs noms au grand siècle enivré.
Alors, le roi François se courbait vers la terre,
Près du lit où venait de mourir le Vinci,
Et le Guide, ce peintre à l'âme haute et fière,
Travaillait, toque en tête, au Rospigliosi.

Alors, Benvenuto méditait son Persée,
Cherchant à détrôner Primatice à la cour;
Andréa del Sarto tirait de sa pensée
Ses douces visions aux yeux voilés d'amour ;
Rabelais empoignait le fouet de la satire ;
Marot, le doux Marot, taillait sa plume d'or :
On entendait vibrer les cordes de sa lyre,
Et ses chants gracieux prenaient leur noble essor.

Que sont-ils devenus ces temps de poésie
Et d'amour, où s'en sont allés tous ces titans
Qui jetaient tout leur cœur dans une œuvre choisie,
Puis, la tâche achevée, à la fin de leur vie,
Pensifs, croisaient les bras et s'endormaient contents ?
L'ange qui les guidait, quand la Foï s'est enfuie,
A l'Incrédulité dit un dernier adieu,
Puis, reprenant son vol vers la sphère infinie,
Il retourna rêver tristement près de Dieu.

— —

FLORÉAL

A J. Chapeau

Fiers et beaux amoureux, doux êtres qui passez
Lentement, sous les cieux illuminés d'étoiles,
Jeunes et souriants, le cœur chaste et sans voiles,
Allez, ô chers rêveurs! avec grâce enlacés.

Aimez-vous! Que vos mains par un beau soir unies
Restent longtemps ainsi ; gardez chaque serment.
Il est doux de sentir dans un embrassement
Par l'Amour immortel vos âmes rajeunies.

Les grands arbres feuillus pour vous arrondiront
Leurs branchages épais en gigantesques dômes,
Et les roses des bois vous enivrant d'aromes
Sur vos couples heureux longtemps se courberont.

Effeuillez en passant la fleur aux doux mensonges ;
Donnez sans les compter vos baisers infinis,
Sans penser que l'hiver vient qui brise les nids
Où les pinsons ont fait leurs plus radieux songes.

Aimez-vous, aimez-vous ! Dieu qui d'en haut vous voit
Sourit en se disant qu'on aime encor sur terre ;
Il bénira vos cœurs pleins d'idéal mystère :
Quand on aime ici-bas, on espère et l'on croit.

A Une Tzigane

A Samuel Guy

Sous ta robe en lambeaux j'aime à voir tes bras frêles,
Et sous tes cheveux blonds les taches de rousseur
De ton front calme et bas, mais rempli de douceur.
Sous ta robe en lambeaux j'aime à voir tes bras frêles.

Dans un tartan déteint, tu drapes ton corps maigre.
Tes yeux ont la splendeur triste et vague des soirs
Et reflètent, pensifs, de sombres désespoirs.
Dans un tartan déteint, tu drapes ton corps maigre.

Je préfère cent fois tes haillons aux dentelles,
Et ton collier de verre aux plus chers diamants
D'une Phryné de marbre aux airs extravagants;
Je préfère cent fois tes haillons aux dentelles.

Car ton âme à jamais un jour s'est fiancée ;
L'époux que tu rêvais depuis te délaissa,
Mais tu sais conserver, dans ton cœur qu'il blessa,
Son image, à jamais, ô pauvre fiancée !

Et tu songes, pensive, au pays de Bohême,
Où dort enseveli ton amer souvenir,
En te disant parfois : Je voudrais revenir
Et le revoir, hélas ! au pays de Bohême.

O martyre ! — Pourquoi raviver ta blessure ?
Reste, n'augmente pas le mal que tu ressens;
Ne vois-tu pas qu'avec chaque goutte de sang
Sombre ta vie, enfant ; la mort vient, lente et sûre.

Non ! tu ne mourras point ! chez nous il est encore
Une place pour toi, rentre, ma sœur, adieu.
Tu vivras notre vie, et quand naîtra l'aurore,
Chaque matin, ô sœur, pour toi nous prierons Dieu !

La Prière de l'Arabe

A M. Dumet

Là-bas, là-bas, bien loin, dans la plaine infinie,
Se détachant confuse à l'horizon lointain,
L'Oasis apparaît: c'est la terre bénie ;
Ici c'est le désert et là-bas c'est la vie,
Que depuis si longtemps il espérait en vain.

Dans le ciel opalin, sur leur lampe d'albâtre
Dansent les rayons blancs dont s'éclairent les nuits ;
Et l'arabe rêveur croit voir l'essaim folâtre
Des Djinns étincelants à la face olivâtre
Agiter ses grelots, orchestre aux mille bruits.

Le voyageur pensif écoute le prélude
De la brise qui vient, comme un baiser d'amour,
Rafraîchir un instant l'immense solitude.
Dans son âme renaît la douce quiétude,
Quand il voit s'approcher ce bienheureux séjour.

Mais la nuit va finir, à l'orient l'Aurore,
Artiste aux doigts rosés, du bout de ses pinceaux,
Etend à l'horizon tout son azur et dore
Ce ciel à la couleur embrasée et sonore ;
O Régnault, ô Decamps, les ciels de vos tableaux !

Le soleil, de son char ruisselant de lumière
S'élance au sein des cieux ; à travers les palmiers
Se croisent les rayons, et la nature entière
Adresse à l'éternel sa muette prière
Qui monte, pure, ainsi qu'un vol de blancs ramiers.

Alors, agenouillé, tournant son œil limpide
Vers l'immense désert qu'ont traversé ses pas,
Le nomade dévot, vers Allah qui le guide
Lève ses bras maigris et sous le ciel torride
Longtemps sa lèvre ardente a murmuré tout bas.

Il prie !... A ses pensers la volupté se mêle,
Il entrevoit, pensif, et vers le sol courbé,
Les divines houris qu'au serviteur fidèle
Le grand Mahom promet dans son œuvre immortelle,—
Le Coran, qui des cieux page à page est tombé.

Mais du rêve inspiré l'éblouissante orgie,
Jointe depuis longtemps aux fatigues du corps,
A pesé sur ses yeux, et sa tête alourdie,
Pour le songe, un instant, abandonnant la vie, —
Sous la voûte d'azur le voyageur s'endort.

A l'Infidèle

De mon cœur, lentement, se rouvre la blessure
En songeant que jadis nous nous sommes aimés ;
Et seul, je pleure encor les paradis fermés
Où te mettait mon âme autrefois, ô parjure !

Oh ! je te vénérais dans ma pauvre pensée!
J'avais divinisé la femme que j'aimais ;
J'élevais lentement un autel dont jamais
Tu ne fus descendue, en mon âme offensée !

Oui, tu fus ma Mignon, tu fus ma Béatrice,
Mon doux rêve immortel et de fleurs couronné ;
Et je pars, emportant le rêve abandonné
Dans mon cœur où se fait le sombre sacrifice.

Mais si tu le veux bien, permets que je rassemble
Tes dons bénis, afin que nous ayons tous deux,
Sans nous revoir jamais le souvenir heureux
Des bonheurs envolés que nous eûmes ensemble.

Voici mes livres chers, mes compagnons d'étude ;
Avec eux bien souvent j'ai chassé les ennuis,
Bien souvent j'ai sur eux, pendant les longues nuits,
Penché mon front brûlant, pâle d'inquiétude.

Chers bouquets desséchés, sur vos feuilles jaunies
Laissez-moi déposer encore un seul baiser,
Puis, voici ses cheveux... oh !... je sens se briser
Mon âme sous le poids de douleurs infinies.

Adieu, gages d'amour... Ainsi que ma jeunesse
Je vais vous perdre, amis, pour ne plus vous revoir ;
O mes auteurs aimés, que de rêves d'espoir
Dont vous fûtes témoins, ainsi que ma maîtresse !

Adieu ! ma vie, adieu ! je vais où va le guide
Qui me tient par la main, marchant d'un pas timide,
Et portant dans mes yeux mon long espoir déçu...

Mais si, parfois, songeant au rêveur, un sourire
Vient éclairer vos yeux, j'ose encor vous le dire :
Mon cœur vous bénira, passant inaperçu.

Dernière Croyance

A Ogier d'Ivry

Ainsi, je m'en irai quelque jour, quand la Vie
M'aura lassé, tandis que, tristement ravie
A mon âme, tremblant de peur, je pourrai voir
Ma seule illusion s'enfuir avec l'espoir.
Lorsque tes oiseaux blonds et roses, ô Pensée !
Retomberont meurtris et l'aile fracassée ;
Lorsque, las de souffrir, à mon dernier matin,
En te voyant, ô Mort ! je m'écrierai : « Enfin ! »...
Tu seras bienvenue, ô sombre visiteuse !
Alors, je t'aimerai, car tu n'est pas trompeuse ;
Ton sourire sans dents qui n'a jamais menti
Me plaira ; tu prendras mon front appesanti
Et le soulèveras entre tes mains osseuses...
Couvrant de baisers froids mes orbites vitreuses,

Où des larmes d'amour jadis auront passé,
Tu m'étendras, pâli, sous un marbre glacé.
Mais avant tout cela tu mettras dans ma bière
Les doux consolateurs de ma noble misère :
Les vers que j'ai tracés dans les heures d'ennui,
Afin que les ayant près de moi, dans la Nuit,
Je puisse lire encor ces strophes résignées,
Souvenirs douloureux d'époques éloignées ;
Ces lambeaux de mon cœur froidement arrachés
Par mes ongles sanglants ; ces bouquets desséchés
Lentement, chers débris de l'Amour immortelle ;
Pour que je puisse encor y voir le nom de Celle
Qui les aimait ; afin que dans son âme, un jour,
Avec le Repentir germe un regain d'Amour.

Les Vieux

A Emmanuel Lortie

Ils ont le chef branlant, jaune et ridé par l'âge,
Les vieillards que l'on voit se promener le soir ;
Ils s'en vont deux à deux, dérobant leur visage
Sous les plis anguleux d'un ample manteau noir.

Astres évanouis, ô vieux ducs ! ô marquises !
Lauzuns du temps jadis, ambrés, musqués, parés ;
Petits abbés de cour, coquettes Cydalises,
Qui gardez la perruque et les chignons poudrés !

Vous saviez chiffonner un jabot de dentelle,
De deux yeux assassins vous portiez les couleurs ;
Et la brette au côté, l'éclair dans la prunelle,
Vous alliez, étalant partout vos airs vainqueurs.

Eh ! qui donc mieux que vous possédait ce langage
Que l'on admire encor ; qui donc sut mieux, enfin,
O mes fats adorés, surmonter un visage
Gracieux et rosé d'un chapeau galantin ?

Et vous qui sur Watteau preniez, ô mes bergères,
Les patrons délicats de vos jupons trop courts ;
Qui posiez chez Boucher en parures légères
Pour vos heureux Don Juans choyés par les amours ; —

Pourquoi donc fuyez-vous, ô Chloris surannées,
Talons rouges pour qui j'écris ces pauvres vers ;
Vous qui penchez, hélas ! sous les longues années,
Vos visages pâlis par les mornes hivers ?

Oh ! que vous avez dû, dans vos sombres tristesses,
Cherchant au fond du cœur les ombres du passé,
Verser des pleurs amers aux souvenirs d'ivresses
Qui vous sont apparus comme un songe effacé.

C'est en vain que, cédant aux folles rêveries,
J'invoque avec amour vos fantômes galants,
Les douces visions sont vites évanouies,
Mais il reste l'essaim des souvenirs charmants.

L'Aveugle

A Madame Victor Billaud

Le soleil au printemps vient dorer les coteaux ;
Tout émaillés de fleurs, les prés en gais tableaux
Se déroulent à votre vue ;
O mes sœurs, vous irez courir dans le vallon ;
Son écho redira la joyeuse chanson
Que chante votre voix émue.

Le corps libre et joyeux, dans vos robes de lin,
Quand vous butinerez sur le bord du chemin,
Comme les libellules frêles,
Vous pourrez admirer dans les calmes ruisseaux
Les nénuphars brillants, et sur ces fleurs des eaux
Les corsets d'or des demoiselles.

Puis, quand viendra le soir, vos couples gracieux
Reprendront leurs ébats sous le manteau des cieux,
Laissant flotter leurs tresses blondes ;

Et les sylphes légers, doux échansons des fleurs,
Les amants de la nuit qui recueillent ses pleurs,
Iront se mêler à vos rondes.

Je pleure maintenant mes beaux rêves perdus,
Mes songes d'autrefois, mes bonheurs disparus,
Et je reste dans ma nuit sombre...
Du bouquet des vingt ans, le beau front étoilé
Que j'aimais, ô mes sœurs, un soir s'est effeuillé
Pour aller se perdre dans l'ombre.

Quand je faisais vibrer ma harpe aux sons joyeux
Les élus accoudés au balcon bleu des cieux
De loin souriaient à nos fêtes...
J'ai suspendu mon luth aux grands saules penchants
Et désormais, hélas ! ses cordes aux doux chants
Resteront à jamais muettes !

Je ne verrai donc plus les purs rayons du jour ?
Et pourtant, ô mon Dieu, le cœur rempli d'amour,
J'ai chanté toutes vos louanges ;
Ma voix, ma faible voix qu'ici chacun aimait,
Aux chœurs des séraphins bien souvent se mêlait,
Disant les cantiques des anges.

Non ! l'éclat du soleil m'est à jamais ravi...
Le sentier embaumé qu'en riant j'ai suivi
Se change en une lande aride ;
Et je vais, étendant devant moi les deux mains,
Avec crainte marchant dans les poudreux chemins,
Près de moi n'ayant aucun guide.

Jadis, quand ils voyaient mon front doux et riant,
Et de mes cheveux d'or le flot luxuriant,
Les vieillards disaient : Qu'elle est belle !
Mais je n'entendrai plus ce murmure flatteur
Qui devançait mes pas ; des larmes de mon cœur
La source lentement ruisselle.

Ainsi qu'un triste asile où repose à jamais
Un groupe valeureux de guerriers, désormais
Mon âme est la cite dolente
Où mes désirs éteints dorment leur lourd sommeil ;
Où, jamais plus, hélas ! un rayon de soleil
Ne jette sa clarté brillante.

Cependant, près de moi, veille, dans sa bonté,
Une amie au grand cœur dont la sérénité
Allége ma longue souffrance.

J'aime sa douce voix, ses célestes accents,
Car cette sœur divine aux remèdes puissants
A nom : l'immortelle Espérance !

Désir

A Marcellin Agard

Quand tu regardes, demi-nue
Et rieuse, à ton gai miroir,
Ton œil brun, ta bouche ingénue
Et tes cheveux d'un si beau noir,

Quand tu revêts, ô jeune fille,
Ta fraîche robe d'organdi
Recouverte d'une mantille
Que soulève le vent hardi,

Quand tu chantes à ta fenêtre,
Près de ton modeste jardin,
Ouvrière, pauvre, sans maître,
Et sans souci du lendemain,

Quand le soir tu fais ta prière
Que Dieu jamais ne repoussa,
Et que tu songes à ta mère
Qui toute seule te laissa ;

Quand tu regardes simple et belle
Luire les étoiles au ciel,
Ayant dans ta chaste prunelle
Leur rayonnement éternel :

Songez-vous qu'il est là, dans l'ombre,
Une âme qui rêve de vous,
Qui voudrait de baisers sans nombre
Couvrir vos mains et vos genoux ?

Songes Vagues

A Berthe Lafoy

Oh ! ce bonheur d'avoir dans les recoins obscurs
De son âme un rayon, une perle, une étoile,
Qu'on peut avec amour, rempli de rêves purs,
Adorer, prêtre ardent d'une idole sans voile.

Espoir de jours heureux, d'Idylles aux pieds blancs,
Aux longs cheveux bouclés, aux yeux remplis de larmes ;
Espérance qui rends les plus hardis tremblants,
Je t'aime, archange ailé, messager qui nous charmes.

Et je songe aux amants qu'on voit dans les tableaux,
Aux beaux Princes charmants des vieux contes de fées,
Tandis que, lentement, à ces pensers nouveaux,
Les plaintes du cœur sont par le cœur étouffées.

Découragement

M. A. Gaildraud

Moi, je suis ici-bas l'enfant toujours déçu ;
Chaque rêve en mon cœur sitôt qu'il est conçu
Meurt, pauvre être brisé par le destin farouche ;
Et l'aveu pur et doux qui du cœur à la bouche
Monte, passionné, tendre, plein de candeur,
S'il m'est adressé n'est qu'un fantoche menteur.
Mon âme est un cercueil où dorment, entassées,
Mes profondes amours, mes idoles passées;
Tous les rêves charmants que mon cœur adora,
Les bonheurs entrevus que mon vers célébra,
Reposent à jamais dans leur linceul de pierre.
O maître qui m'entends ! toi qui sais le mystère
De mon âme, Seigneur, je suis las de souffrir !
Je suis las d'espérer ! las de me souvenir !...

Que diront tes enfants, ô siècle où l'Espérance,
Depuis longtemps, hélas ! ouvrant son aile immense,
A pris son vol sublime et s'en retourne à Dieu ?...
Siècle aux espoirs mesquins ! Dans un suprême adieu,
Poètes, votre foi vers le ciel est partie ;
Comme vous, j'allais à la sphère pressentie,
Comme vous je suivais la route ; cependant
J'étais humble, j'allais, convaincu, ferme, ardent ;
Mon rêve montait vers les splendeurs éternelles ;
Le malheur est venu qui lui coupa les ailes...

Les Cigales

A E. Lafoy

C'est pendant les beaux jours qu'elle font leur moisson,
Les filles que l'on voit, assises sur les bornes,
Compter et recompter, fredonnant leur chanson,
L'argent qui fait briller de plaisir leurs yeux mornes.

Elles vont fièrement sous un tas de haillons,
Taquinant sous leurs bras quelque sale guitare ;
Sirènes au teint noir, innombrables frelons,
Amantes de la nuit que le soleil effare.

Leur gorge a des tons chauds comme le coloris
Des maîtres vénitiens ; sur leur épaule grêle
Ruisselle un gros collier fait de perles sans prix,
Et qui, sauvagement, à l'oripeau se mêle.

Cependant il en est qui sont belles ; j'en sais
Qui font que le passant se détourne à leur vue,
Dont l'œil noir de velours et les cheveux de jais
Valent bien le teint mat d'une blanche ingénue :

Une surtout qu'un soir je vis aux feux tremblants
Et fumeux des quinquets ; une fille d'Espagne,
Qu'entourait un grand rond de badauds et d'enfants,
Et que suivait, rampant, un gros tranche-montagne.

C'était plaisir de voir chanter la gitana,
Si belle qu'on eut dit un antique camée ;
Pauvre enfant de l'amour que le destin mena
Sur la route du mal, de roses parsemée.

Je disais dans mon cœur : Est-il donc vrai, mon Dieu,
Que dans ce jour maudit où vous l'avez créée
Vous ayez sans regret, dans quelque mauvais lieu,
Jeté tant de beauté, tant de grâce inspirée ?

L'enfant filait ses sons ; sa robe à lames d'or
Rayonnait au faux jour de l'infâme lumière ;
Et puis elle quêta ; je crois la voir encor
Me tendre en souriant la sébille grossière.

Je n'avais presque rien ; pourtant je lui donnai
Le peu qui composait, ce soir-là, ma fortune.
Puis elle s'en alla. Jamais je n'oublierai
Le sourire divin de l'Espagnole brune !

AUX MANES D'ALFRED DE MUSSET

A Paul de Musset

I

Depuis longtemps dejà, sur ta tombe fermée,
Bien d'autres sont venus, près de ton luth brisé,
Déposer leur offrande à ta mémoire aimée,
O poète qui dors sous un marbre glacé.

Triste et chétif rêveur, après tant de génies,
Divin chantre des nuits, moi je viens à mon tour ;
Je viens, portant au cœur de saintes poésies,
T'offrir ces pauvres vers et mes larmes d'amour.

O Musset! bien souvent, seul, éloigné du monde,
J'ai lu dans tes beaux vers mes désillusions ;
Et mes pleurs, ces témoins de ma douleur profonde,
Amers, vinrent brûler tes méditations.

Là, j'appris à t'aimer comme l'eut fait un frère,
Toi dont les chants si purs m'avaient enthousiasmé ;
Je redisais ton nom à la nature entière,
Dans mes pauvres essais, ô mon poète aimé !

Tu ciselais dans l'or tes immortels camées;
Tes rêves se changeaient en bouquets gracieux ;
Leur antique parfum, en strophes embaumées,
S'élançait de ton cœur et montait vers les cieux.

Où s'en sont-ils allés ces délicats fantômes,
Ces douces visions aux grands yeux veloutés ?
Où donc ces chevaliers et ces vieux gentilshommes
Aux blasons faits d'honneur et d'anciennes fiertés.

Où donc est Georgina, la jeune fille blonde
Aux grands yeux bleus ravis à l'immuable azur ?
Portia dont le chant se mêlait avec l'onde,
Et la pauvre Marie au grand front triste et pur ?

Puis, Déidamia, la chaste fiancée,
Fleur fière moissonnée au matin d'un beau jour,
Qui ne put à l'amant, si cher à sa pensée,
Rendre l'ardent baiser, gage de son amour.

II

Le saule en pleurs courbe ses branches
Vers le tertre vert où tu dors,
Et la nuit, des visions blanches
Te cherchent dans le champ des morts.
Parfois, sous la voûte étoilée,
Passe une femme long-voilée,
Qui s'en va quand le jour paraît;
Vois, poète, c'est l'Immortelle
Qui te recouvrait de son aile,
C'est l'ange blanc qui te disait :

Poète, l'aube est apparue,
C'est le premier jour du printemps ;
Les oiseaux chantent sa venue
Et regardent fuir les autans.
Ce matin, près de la vallée,
Une fleur pure et niellée
Entr'ouvrait son corsage d'or :
Viens, c'est le matin de la vie,
Accorde ta lyre chérie,
Et vers les cieux prends ton essor.

Que chaque chant soit une page
De tes peines, de tes douleurs ;
Oh ! laisse au moins, sur ton passage,
Avec ton sang couler tes pleurs.
Tes larmes diront ton martyre,
Comment sous ton divin sourire
Ton cœur s'en alla par lambeaux ;
Elles iront à ta blessure
Porter leur fraîcheur douce et pure,
Elles soulageront tes maux.

Chantons sur notre luth d'ivoire ;
Chantons, rêveur ; que chaque jour
Ajoute une strophe à ta gloire,
Une couronne à ton amour.
Je suis ta Muse, ami, qu'importe
Où le coursier qui nous emporte
S'arrêtera, triste, oublié ;
Oh ! viens ! l'Aurore de la vie
De près par le soir est suivie
Dans le lugubre sablier.

En vain la voix gémit et pleure
Au sein du silence profond ;

Tout dort dans la sombre demeure,
Et l'écho seul au loin répond,
Personne n'entend, non, personne,
Que le vent qui hurle et détonne
A travers les arbres épais ;
Allez, ceux que la mort farouche
Etend dans leur funèbre couche
Enfant, ne reviennent jamais.

III

Il dort ! Paix et respect à ce marbre où rayonne
Son front ceint à jamais de la noble couronne
Que Dieu réserve à Ceux qu'il touche de son doigt.
L'Ange au nimbe doré qui guidait sur la lyre
Ses doigts mélodieux, est mort dans un sourire,
Comme autrefois le Christ expirant sur la croix.

Mais il nous a laissé son œuvre pure et belle,
Qui porte à chaque page une empreinte immortelle,
Que son cœur lui dictait et que sa main traça ;
Sous son visage aimant il cachait sa souffrance ;
Quand il vit s'envoler sa dernière espérance.
Comme un astre qui meurt, il sourit et passa.

Quand le cygne argenté pressent l'heure dernière,
Un chant mélodieux, ainsi qu'une prière,
S'échappe de son cœur, grave et suprême adieu
Le poète pensif à qui pesait la vie
Jeta dans un éclair son immense génie,
Et retourna, sublime et triste, auprès de Dieu !

A Marguerite

Ah! si comme vous, j'avais la jeunesse,
Et cette simplesse
Qui plaît à mon cœur,
Je pourrais encor bénir l'innocence,
Aimer l'espérance
Et croire au bonheur.

Mes rêves enfuis, beaux papillons roses,
Rediraient aux roses
Leurs charmants secrets ;
Ils iraient frôler du bout de leur aile
La pure dentelle
Des simples muguets.

Ils butineraient au-dessus des tombes,
Laissant aux colombes
Leur poussière d'or : . . .

Doux pages vêtus de pourpoints orange,
Frêles comme l'ange
Du blond Messidor.

Ils vous rediraient le chant de la brise,
Folle qui se grise
Dans vos longs cheveux ;
Ils célèbreraient vos grands yeux d'étoile
Que jamais ne voile
Un front soucieux.

Ah ! si vous saviez ! le fardeau du rêve
Pour qui le soulève
Est parfois bien lourd ;
Le fantôme aimé de la poésie
Par le cœur choisie
Souvent reste sourd.

Nous cherchons longtemps l'ange qui console,
Mais la sainte idole
A nous ne vient pas...
Alors, épuisés, nous jetons au monde
Notre œuvre inféconde
En pleurant tout bas.

Le monde égoïste a gardé la femme
Qui, guidant notre âme,
En eut fait jaillir
Le diamant pur; ô Pétrarque ! ô Dante !
Votre lyre ardente
Doit se souvenir.

Puis, chacun de nous, athlète livide,
Dans l'arène vide
Tombe, cœur rompu ;
Je suis de ceux qui voulaient dans l'histoire
Atteindre à la gloire
Et qui n'ont pas pu.

Mais si je m'en vais longtemps avant l'heure,
Si mon rêve effleure
Loin, dans l'avenir,
Votre esprit pensif, aimez cette page
Qui sera le gage
De mon souvenir.

Ah ! si comme vous j'avais la jeunesse
Et cette simplesse
Qui plaît à mon cœur,

Je pourrais encor bénir l'innocence,
Aimer l'espérance
Et croire au bonheur!

L'Être Aimé

A L.-J. Béor

Elle est comme une fleur en sa beauté première,
Et dans ses longs cheveux luit une primevère
Ainsi que dans la nuit brille l'étoile aux cieux.
Ses yeux ont des regards chastes, mystérieux
Comme ceux des enfants qu'on voit parfois sourire,
Et formuler ainsi ce qu'ils ne peuvent dire.
Oh ! lorsque je la vis pour la première fois,
Fière, marchant ainsi qu'une fille des rois,
Des nœuds de ruban rose ornaient son front d'albâtre,
Sur sa nuque jouait une mèche folâtre
De cheveux ; elle allait, tenant son éventail
De ses doigts fuselés, et ses grands yeux d'émail,
Puissants, calmes et doux, erraient à l'aventure.
Elle passait, pensive, et la grande nature

En liesse faisait un cadre à sa beauté.
C'était l'hôte charmant d'un palais enchanté ;
D'un conte d'Orient on eut dit l'héroïne,
La Béatrice, ou bien encor la Fornarine
Du beau peintre d'Urbin, la reine de Saba,
Laïs ; que sais-je encor ! — Et mon cœur succomba....
Tandis qu'au loin déjà l'ombre étendait ses voiles,
Et qu'au noir firmament s'allumaient les étoiles !

Adieu !

A A. Bouchon

Quand votre cœur rempli d'une sainte pensée
Ouïra cette voix que vous enverra Dieu,
Laissez-la vous parler de l'époque passée
Où, tremblant, j'espérais ; n'en soyez point froissée.
Adieu !

Ah ! laissez-moi souffrir à jamais, en silence,
Ange pour qui le ciel est un ciel toujours bleu,
Un jour vous m'oublierez ; laissez faire l'absence ;
Pour ne plus revenir, s'en va mon espérance.
Adieu !

Quand vous verrez, le soir, à la voûte étoilée,
Parmi les astres d'or, aux grands rayons de feu,
Naître une fleur des cieux, humble, triste, voilée,
Priez pour le poète à l'âme désolée.
Adieu !

Pompadour

A M. Bourgoint-Lagrange

Une perle d'azur sur ta tête poudrée,
Puis cette mouche au coin de tes yeux andalous,
Et ce soir tu seras la déesse adorée
Que les danseurs viendront convier à genoux.

Sur ta robe à bouquets cette parure ambrée
Répandra ses reflets, ses reflets blonds et doux ;
Mais il faut mettre aussi ta ceinture moirée,
Et sur ton front royal planter des marabouts.

Tu seras belle, alors, marquise bien-aimée,
Belle comme l'amour, belle comme un camée,
Mais, dis-moi, cette nuit ne m'oublieras-tu pas ?...

Une nuit ! C'est bien long, surtout dans une fête ;
Quand le vent de l'éloge effleure votre tête,
Et que les madrigaux fleurissent sous vos pas !

Le Fou

A C. Casult

Sa bouche est largement par le rire fendue,
Un rire gai parfois, mais souvent bien amer.
Par un cordon de soie il porte suspendue
La marotte des fous sur son flanc jaune et vert.

C'est le bouffon du roi ; la Vérité perdue
Un jour se retrouva sur ce front large et clair.
Il broie avec fierté la grandeur descendue
Et les plats courtisans sous son rire de fer.

Il passe noblement, le bouffon nain, superbe,
Parmi les vieux guerriers et les seigneurs en herbe,
En jetant à chacun son regard dédaigneux ;

Il songe avec douleur à ces âmes vendues,
Et regarde, pensif, en rêvant aux aïeux,
Les fils dégénérés des races disparues.

Job

A Louis Falgoux.

Sur son fumier impur le vieux Job est penché :
Levant son large front vers les cieux pleins de gloire,
Et regardant la Nuit dans sa tunique noire,
Il rêve, et cherche en vain ce qui fut son péché.

L'ange de la Tristesse en passant l'a touché.
D'indicibles malheurs il garde la mémoire ;
Certain de remporter la sublime Victoire
Que lui réserve Dieu, pensif, il s'est couché.

Mais dans la nuit sereine une brise embaumée
Passe, et rafraîchissant la terre d'Idumée,
Vient baiser un instant ses longs cheveux blanchis ;

Alors, vers l'Eternel élevant ses mains jointes,
Le Patriarche attend que les cieux infinis
S'entr'ouvrent pour laisser monter ses longues plaintes!

L'Espoir dans l'Avenir

A Madame E. Chaigneau

Lentement, lentement, elle ouvre le beau livre
Plein du parfum discret de leur ancien amour,
Et retrouvant la fleur qu'il y mit quelque jour,
Elle goûte une joie amère qui l'enivre.

Pour l'orphelin en deuil elle a dû lui survivre ;
Mais son âme est brisée à jamais, sans retour.
Dans cette fleur fanée, au rigide contour,
Revit tout un passé que le hasard lui livre.

Triste, elle se souvient ; près d'elle, son enfant
Tout en noir lui sourit ; d'un regard triomphant
La mère suit l'espoir des lointaines années...

Son œil pensif s'allume, ardent, spirituel,
Cependant que là-haut, en plein azur, au ciel,
Vibre le timbre d'or des heures fortunées !

Eau-Forte

A M. Joucla

Penché sur le dossier du siége à housse verte,
Le Page aux longs cheveux, en pourpoint de satin,
Regarde en souriant, d'un petit air mutin,
Les doigts longs, effilés, de la brodeuse alerte.

Elle a nom Marguerite, ou Fleur-de-Lys, ou Berthe.
Albert Dürer eut peint son portrait ; le Matin,
De l'Aurore amoureux se troublerait soudain
S'il voyait par hasard sa gorge découverte.

Chantez ! dit-elle au Page. — Esclave obéissant,
Le Page, grave, ému, s'incline, et ramassant
Le théorbe qui dort aux pieds de la princesse,

Il égrène en tremblant les perles de sa voix,
Comme l'oiseau des nuits qui chante au fond des bois,
Et reçoit en paiement une longue caresse.

Sonnet Poudré

A Louis Falgoux

Un rayon de soleil argente la rapière
Passant sous le manteau du galant raffiné
Qui porte à sa Chloris le sonnet bien tourné
Que cisela huit jours un pédant de Molière.

Or, dans le parc Watteau, rêveuse et solitaire,
Le chef tout blanc de poudre et de perles orné,
Tenant de frais œillets au corsage veiné
La Déesse apparaît, resplendissante et fière.

Alors, s'agenouillant sur le gazon humide,
Le galant chevalier offre d'un air timide
A sa beauté les vers qui la doivent charmer :

Ses yeux cherchent en vain les doux yeux de sa dame,
Cependant que tout bas elle entend dans son âme
La voix pure d'Eros qui conseille d'aimer.

Douce Pensée

Mon Dieu, qu'ai-je ici bas, sinon le souvenir
Des bonheurs infinis durant une journée,
Et qui vont, s'effeuillant comme une fleur fanée ?
Rêves qu'un seul instant a fait s'évanouir.

Cependant il en est que rien ne doit ternir ;
Et le vôtre est ainsi ; mon âme abandonnée
Toujours se souviendra, car, dussé-je en souffrir,
Je garde l'amitié que vous m'avez donnée.

Déjà je sais la vie, et, quoiqu'à mon aurore,
Je ne possède rien que ces songes que dore
Le doux soleil qui luit au printemps de nos jours.

Que ces instants passés auprès de vous me rendent
Les paradis perdus où mes pensers descendent,
Et mon cœur ulcéré vous bénira toujours.

Ton Souvenir

A Madame M. L.

Te souviens-tu, là-haut, de nos songes d'amour,
Des serments échangés, de toutes nos promesses ?
De ce temps de bonheur, de ces folles ivresses ?
Ce temps qui s'envola, comme toi, sans retour !

Ah ! je t'ai bien pleurée !... Il me souvient qu'un jour
J'errais, rêvant de toi, plein de pures tendresses,
Et je te vis passer près de la vieille tour
Que les vagues venaient couvrir de leurs caresses.

Oh ! triste vision ! La mer aux flots bleuis
Par un beau ciel d'azur roulait dans ses longs plis
Ton corps blanc que berçaient les lames amoureuses :

Alors, je me souvins, et mon cœur a pleuré,
Amie, et je demande au Seigneur quand j'irai
Epancher dans ton sein mes larmes douloureuses.

A MA MÈRE

Les jours suivent les jours ; nos sombres destinées
Gravitent lentement vers un monde meilleur ;
Et nos illusions, comme des fleurs fanées,
Tombent et vont rouler sur le seuil du bonheur.

L'espoir s'enfuit alors, nous laissant la douleur ;
Et nous recommençons nos pénibles journées...
Nous suivons le chemin, âmes abandonnées,
En regardant des cieux l'immense profondeur.

Parfois un chant plaintif s'échappe de ma lyre ;
Tel, un zéphyr léger qui dans la nuit soupire,
Passe et s'évanouit sur la cîme des flots ;

La main pressant la main nous marchons en silence ;
De notre cœur brisé ruissellent des sanglots,
Et nous cherchons en vain la divine Espérance !

Ophélie

A Louis Collin

Parmi les joncs verts, sous l'étoile d'or
Qui scintille au ciel, perle blanche et pure,
Du fleuve elle entend le joyeux murmure
Qui va se perdant au loin sur le bord.

Elle voit briller, délicat décor,
Une fleur des eaux dont la ciselure
Sous le saule en pleurs se dérobe encor,
Comme en son écrin fait une parure.

La chaste beauté, pour avoir la fleur
Qui flotte là-bas, sur le flot trompeur,
Confia son corps au courant de l'onde ;

Elle disparut. Au sein de la nuit
L'étoile des cieux, fleur d'un autre monde,
Vint pleurer sur elle et s'évanouit.

La Chatelaine

A Mademoiselle Jeanne Trut

Depuis longtemps rêve la Châtelaine,
Le corps penché sur les créneaux des tours;
Le vent du soir baise de son haleine
Ses cheveux d'or, son corset de velours.

Reviendra-t-il ?... et son œil dans la plaine
Suit les oiseaux décrivant mille tours :
Le crépuscule étend ses tons d'ébène,
Et du coteau marque les durs contours.

Les toits aigus du vieux manoir gothique
Et les griffons du blason héraldique
Dardent au loin leur vigoureux profil :

Au sein des cieux les étoiles brillèrent,
Et bien longtemps les échos répétèrent
Aux bois prochains : « Quand donc reviendra-t-il ? »

Hai-Ka-o-li

A M. Bourgoint-Lagrange

Elle habite Pékin, ma Chinoise aux grands yeux,
Aux grands yeux veloutés et fendus en amande :
J'aime ses seins rosés ; elle a dans ses cheveux
La longue épingle d'or ; elle est fluette et grande.

Son corps est parfumé d'essence de lavande ;
Elle sait estomper l'arc des sourcils soyeux ;
Et, lorsqu'après le bain, moi j'arrive, joyeux,
Elle accorde un baiser comme on fait une offrande.

C'est un soir de printemps que ma belle amoureuse
Sentit battre son cœur ; la brise paresseuse
Caressait mollement son noble front pâli ;

— Les althéas en fleur attendaient la rosée...
Tu rêvais, quand soudain, sur ta lèvre rosée
Je surpris tes aveux, ô Haï-ka-o-li !

Tristesse

A Auguste Croze

Dans les sombres sentiers où la Muse meurtrie
Qui me tient par la main, guide mes pas tremblants,
Aux ronces du chemin, de mon âme flétrie,
J'ai laissé suspendus bien des lambeaux sanglants.

Des larmes de mon cœur la source s'est tarie,
Et je suis resté seul avec mes vœux ardents ;
Mais rien ne vibre plus sur ma lyre attendrie,
Tous mes efforts sont vains, mes rêves impuissants.

Pâles illusions, spectres de ma jeunesse !
Fantômes que j'adore encor dans ma détresse,
— Oh ! vous qui me restez, amis, ne fuyez pas ! —

Laissez-moi vous aimer comme j'aimais naguère ;
Vous pourrez, quand viendra mon aurore dernière,
Vers un monde nouveau m'emporter dans vos bras !

Vieux Souvenir

A Ernest Maxès

Non, hélas ! je ne suis qu'un bien piètre rimeur ;
Je n'ai pour instrument qu'un doux violoncelle
Qui fut le seul témoin des larmes que mon cœur
Versa quand je cherchais la divine étincelle.

Il repose, à présent, le modeste chanteur
Auprès de mon foyer éteint, la chanterelle
S'est brisée, et sur lui la cendre s'amoncelle ;
Il est le seul ami qui parle à ma douleur.

Mais il eut ses beaux jours lorsque ma Poésie
Jeune encor s'éveillait aux chants pleins d'harmonie
Qu'au grand livre de l'Art tous deux nous avons lus.

Ami, te souviens-tu de nos belles chimères,
Des bonheurs disparus, des gloires éphémères,
De ces rêves d'un jour, qui ne reviendront plus ?

Les Cloches

A Louis Collin

J'entends, j'entends encor leur voix grave et sonore,
Et pourtant de mes yeux par les larmes brûlés,
Bien des pleurs sont tombés et tomberont encore
Sur ton cercueil, témoin de nos cœurs désolés.

Jadis leur son joyeux t'éveillait dès l'aurore,
Et comme deux oiseaux de leur cage envolés,
Nous moissonnions les fleurs dont le bois se décore,
Et j'en tressais pour toi des bandeaux étoilés.

Mais maintenant tu dors sous la terre fleurie,
Seul, je vais chaque soir, plein de ma rêverie,
M'agenouiller, pensif et tremblant, près de toi :

Sur ta croix de bois noir, en te quittant, je pose
De ces fleurs dont j'ornais autrefois ton front rose,
Au temps où tu venais les cueillir avec moi.

Après le Rêve

Tu ne m'a pas aimé ! — Maintenant, que m'importe !
Un moment près de toi je me suis arrêté ;
Je fus loyal et franc, mais le diable m'emporte
Si je crus un instant à ta sincérité !

Oui, comme d'un voyage aux îles on rapporte
Un hochet, un magot naïf et mal sculpté,
Lorsque ta passion s'éteignit et fut morte,
Je pris tes souvenirs et les mis de côté.

Ton sein bat maintenant sous ta robe moirée ;
Pour avoir un baiser de ta bouche adorée
Il faut mettre à tes pieds mignons des monceaux d'or ;

Et si quelque faquin à l'œil terne, au front blême,
Que tu mépriseras, vient te dire qu'il t'aime,
Ton cœur lui répondra : Si je l'avais encor !...

A un Buste de Terre Cuite

A Emile Lafoy

Quels chagrins ont laissé sur votre front de reine
Ces sillons qu'on dirait burinés par le temps ;
Et ces cheveux, jadis aussi noirs que l'ébène,
Pourquoi, Berthe, pourquoi sont-ils devenus blancs ?

Où donc est ce beau corps ? Sous quelque grande peine
Sans doute il s'est courbé ? Les roses des vingt ans
De votre pur visage ont fui comme l'haleine,
Le souffle parfumé d'un beau soir de printemps.

Et pourtant, je vous aime et je vous trouve belle ;
Votre cœur ulcéré me plaît ; je suis fidèle
A toutes vos douleurs ; j'ai foi dans l'avenir :

Je ne veux pas savoir d'où vient votre souffrance,
Mais s'il vous reste encor l'ombre d'une espérance,
Laissez-moi vous aimer, laissez-moi vous chérir.

Notre Tour

A Louis Collin

Nos pères, les Gaulois, sous leur lourde framée
Couchaient sur notre sol les Huns envahisseurs ;
Ils lavaient aux ruisseaux leur poitrine entamée,
Et s'ils s'en revenaient, c'est qu'ils étaient vainqueurs.

Plus tard, des va-nu-pieds la glorieuse armée
Sauva notre pays : sombres Gladiateurs,
Titans aux larges fronts noircis par la fumée,
Morts pour la Liberté qu'ils portaient dans leurs cœurs.

Nous autres, leurs enfants, nous, Français d'un autre âge,
Si nous avons à l'âme un peu de leur courage,
Si comme eux il nous faut repousser l'oppresseur, —

Le front haut, combattons pour la Mère-Patrie ;
Après avoir lavé sa figure meurtrie,
Levons-nous tous, amis, sus à l'envahisseur !

La Sixtine

A Mme E. Chaigneau

Quand au faîte imposant de la Sainte-Chapelle
Il eut parachevé le Dernier Jugement,
Michel-Ange, enivré devant l'œuvre immortelle,
Rejeta ses pinceaux et sa lampe d'argent.

De l'artiste inspiré, la magique étincelle
Retourna dans les cieux ; au sein du firmament ;
C'est elle qui, le soir, à la voûte éternelle
Resplendit dans la nuit comme un pur diamant.

Les ans se sont enfuis, ô Chapelle Sixtine,
Et le temps a terni cette page divine
Que le sombre rêveur a jetée à ton front :

Tes vierges et tes saints, les plus hardis peut-être,
Écaillés par l'encens que leur jette le prêtre,
Sur tes vieux os blanchis quelque jour tomberont !

Minuit

A E. Dorsène

Minuit sonne au beffroi !... Minuit ! Minuit ! c'est l'heure
Où mon âme s'en va vers l'Eden idéal...
Tout dort, et je n'entends dans la bise qui pleure
Que les gais dominos qui se rendent au bal.

Sous le loup de velours qu'en passant on effleure,
Deux grands yeux échappés du monde sidéral
Courent vers le plaisir, et ce soir que je meure,
Si pas un ne se brûle à leur rayon fatal !

A travers le cristal des verres de Bohême,
Don Juan, les yeux noyés, regarde le teint blême
Et le corps demi-nu d'une fade beauté ;

A cette heure où le punch, de sa flamme brillante,
Verdit son front, le vers de ma pensée ardente
S'élance, et du ciel noir brave l'immensité !

Madrigal

*A Mademoiselle Léonie B****

Watteau le délicat sur sa claire palette
A broyé bien souvent des tons légers et doux;
Ses tableaux sont pareils à ces brillants bijoux
Qui des nobles mondains achèvent la toilette.

Le peintre des amours, des nudités païennes,
Boucher, peignit jadis la nymphe Pompadour;
Artiste comme lui, le gracieux Latour
Eut le don des couleurs riches et patriciennes.

Certes, dans leurs tableaux, dans leurs portraits, la grâce
Se révèle à tel point qu'on sent partout la race
Sur les traits ennoblis des sujets qu'ils ont peints:

Mais jamais aucun d'eux, dans ces œuvres écloses
Sous leurs pinceaux charmants, ne trouva les tons fins
De votre doux visage où rayonnent les roses.

Ler Panoplies

A L. Ferdinand

Sur leurs lits de velours les brillantes épées
Jettent un éclair blanc ; dans les chatons brunis,
Sur les gardes d'argent finement découpées,
L'émeraude scintille à côté des rubis.

Les cuirasses d'airain sont fièrement campées
Parmi des gants de fer que le temps a ternis,
Et les poignards indiens mêlent leur acier gris
Aux dagues de vieux style artistement trempées.

Près d'une arme de cour, serpent enrubanné
Qui froissa le satin de quelque raffiné,
La brette d'un bravo glisse sa longue lame ;

Mais parmi tout cela, le bijou ciselé
C'est un stylet toscan, un dard mince, effilé
Assez pour que d'un corps on puisse enlever l'âme.

Le Sourire

A Mademoiselle Amanda C...

Un seul instant, un seul, mon âme s'est ouverte ;
Un sourire de vous a réchauffé mon cœur,
Et j'ai gardé, pensif, l'enivrante splendeur
Du rêve que j'ai fait sous la frondaison verte.

La douce vision que vous m'avez offerte
Comme un beau diamant a gardé sa douceur ;
Cher joyau ciselé, je l'ai, d'un air vainqueur,
Placé, brillant et pur, en mon âme déserte.

J'ai vu votre sourire et vous en remercie,
Et depuis ce beau soir, portant ma rêverie,
J'ai fièrement tourné mes yeux vers l'avenir.

C'est beaucoup, voyez-vous, qu'un sourire de femme
Qui vient, de sa clarté, chasser le Doute infâme,
Et dont on peut garder l'éternel souvenir.

Les Carmes

A M. C. Trébuchet

J'aime vos traits jaunis, votre visage austère,
O moines qui vivez détachés d'ici-bas :
Quand vous marchez, rêveurs et pieds-nus sur la terre,
Apôtres de la foi, j'aime entendre vos pas.

A l'autel consacré du couvent solitaire,
Seuls, sous l'œil de la nuit qui ne vous trahit pas,
Vous usez vos genoux sur les dalles de pierre,
Auprès du grand martyr qui tend ses maigres bras.

Les douleurs ont creusé ces sillons que le monde
Contemple sur vos fronts, et votre âme féconde
En ce siècle sans foi se rapproche de Dieu ;

Dans vos cœurs a germé la divine semence ;
Votre dernier soupir est l'hymne d'espérance
Que vous chantez un jour en nous disant adieu.

Envoi

A Madame Lessieux

D'un marbre blanc veiné de rose,
Jadis, un sculpteur fit jaillir
Une bacchante dont la pose
Semblait provoquer le désir.

Tintoret, Guide, Giorgione,
Bolonais et Vénitiens,
Ont tracé plus d'une madone
Aux seins nus, aux contours païens.

Dans ce livre où la Fantaisie,
Noble enfant de la Poésie,
Se mêle à plus d'un souvenir,

J'ai mis à nu toute mon âme;
Heureux si quelque jour, Madame,
Vous voulez bien le parcourir.

A Melle Eugénie L...

Quand Dieu nous a jetés au désert de la vie,
Nous donnant à chacun notre ange Gabriel,
Nous avons regardé vers la voûte infinie ;
Pélerins déjà las du voyage éternel.

Mais beaucoup, épuisés, tombent, l'âme ravie,
Et trouvent dans la mort un repos solennel.
Sur la route qu'ils ont avec peine suivie,
Ils se couchent, les yeux pleins des lueurs du ciel.

O vous ! vous qui pleurez sur la tombe fermée
De celle qui n'est plus, que vous avez aimée
Comme vous le saviez, de tout votre bon cœur, —

Laissez-moi vous offrir mes larmes de poète,
Elles iront tomber, si Dieu le veut, au faîte
Du marbre qui la couvre ou sur quelque humble fleur.

Un mot du Cœur

Que votre souvenir, en lisant cette page,
Se rappelle un instant, comme un songe lointain,
Qu'un jour je vis pleurer votre naïf visage ;
Qu'une larme en tomba qui roula sur ma main.

De vos yeux veloutés cette perle brûlante,
Ce diamant perdu sorti de votre cœur,
Fut un dernier adieu ; votre âme, ô ma charmante,
Ne se souviendra plus de ce jour de bonheur :

Un amour plus récent vous a souri, méchante,
Et je courbe mon front qu'a ridé la douleur.

Si quelque jour, fouillant, ma divine trompeuse,
Parmi vos vieux bouquets et vos lettres d'amour,
Vous trouvez cette page, oh ! brûlez-la, menteuse ;
Elle vous redirait votre serment d'un jour !

Rêve Creux

A Albert Huble

Quand le dernier sommeil aura clos ta paupière,
O mon ange adoré ! quand tu ne seras plus,
Le ver visqueux et froid entrera dans ta bière,
Et son affreux baiser glacera tes seins nus.

Horreur !... et tu feras, pour soulever la pierre
Qui te recouvrira, des efforts superflus ;
Pendant les longues nuits, dans le vieux cimetière,
Ton âme rêvera de bonheurs inconnus.

Mais j'irai près de toi, ma belle fiancée,
Et je déposerai sur ta bouche glacée,
Dans l'ombre du tombeau, le baiser nuptial.

A la danse des morts, triomphante et parée,
Déesse de beauté, tu feras ton entrée
Aux acclamations du quadrille infernal !

Rêve de Printemps

A Marguerite

Vous êtes noble, enfant, comme une fleur de serre ;
J'aime les longs regards de vos grands yeux frangés,
Et moins blanche est la fleur des riches orangers
Que votre front candide et rempli de mystère.

Voici le mois des fleurs ; juin remplit ses corbeilles,
Voyez rosir déjà les pointes des buissons ;
Philomèle pour vous a repris ses chansons ;
Sur vos lèvres viendront se poser les abeilles.

Ecoutez dans les bois les gais chanteurs ailés
Qui préludent longtemps sous les cieux étoilés ;
Voyez sous le gazon luire les lucioles :

O pâle enfant ! allez sous les chênes ombreux,
Vous y verrez vos sœurs, et le soleil, heureux,
Baignera vos cheveux de blondes auréoles.

La Fleur Rare

A Mademoiselle Amélie C...

Il est de par le monde un Eden nonpareil
Où germent puissamment bien des fleurs précieuses ;
Là, brillent au rayons ruisselants du soleil
De splendides bouquets aux couleurs gracieuses.

Les jardins merveilleux des vieux contes de fées,
Des riches Alhambras où rêvent les Sultans,
N'ont pas, dans leur beauté, tant d'hôtes éclatants
Que ce parc sans rival où chantent mille Orphées !

Mais il est une fleur de ce jardin céleste
Que vous avez cueillie et dont le parfum reste
A ceux qui, dans ce monde où tout est vanité,

Ont un instant suivi vos pas sur notre terre,
Et qui vont, le cœur plein d'un éternel mystère :
C'est la fleur qu'ici-bas on nomme la Bonté.

Le Sonnet de René

A René Billaud

Enfant, quand sonnera pour toi l'heure propice
Où la Musicienne entrera dans ton cœur,
En échange du rhythme émouvant et vainqueur
Offre à la Déité ton âme en sacrifice.

Sors du sentier banal où nous sommes passés;
Vois : nous ne croyons plus; nous n'avons plus de rêves.
Meurtris, plus déchires que la Mère aux sept glaives,
Nous attendons pour nous l'hymme des trépassés.

Sois fort: tu seras doux; prends les rênes nouées
Du Pégase rétif; à travers les nuées,
Va, cours, bondis, reviens par les plaines d'azur:

Et quand la nuit pensive aura cloué ses voiles,
Sur son front calme et fier, sur son front triste et pur,
Dépose, digne amant, ta couronne d'étoiles !

Le Sonnet de Jeanne

A Jeanne Billaud

Jeanne, vous lirez, quand vous serez grande,
Le pauvre sonnet que j'écris pour vous,
Et je surprendrai dans vos yeux si doux
Un charmant sourire à mon humble offrande.

Lors, je serai vieux; ma triste pensée
Ouïra toujours les chants de mon cœur ;
Je regretterai mes jours de bonheur,
Mes beaux songes bleus, ma lyre brisée.

Mais, lorsque volant à mes bons amis,
Mon âme lassée aux cieux infinis
Reviendra vers eux d'un dernier coup d'aile,

Vous presserez dans votre blanche main
Mes vieux doigts tremblants. Comme hier, demain,
Jeanne, vous aurez un ami fidèle.

Le Renouveau

À Mademoiselle Suzanne Riorteau

Le printemps met sa robe verte,
Le ciel a pris son manteau bleu ;
Déjà sur ma fenêtre ouverte
Danse un rayon couleur de feu.

Au foyer la bûche couverte
De duvet blanc nous dit adieu ;
Dans la forêt jadis déserte
Jasent les bêtes du bon Dieu.

Les tourterelles aux pieds roses
Se disent d'adorables choses
Sous la neige des amandiers ;

Et je vais voir les hirondelles
Effleurer de leurs longues ailes
Le flot qui murmure à mes pieds.

Le Chat

A M. C. Banvillet

Minet s'est promené longtemps sur la gouttière,
Tel que jadis faisaient les chevaliers errants ;
Philosophe, il revient, grave et la marche altière,
En fermant ses yeux verts aux feux étincelants.

Sur l'antique fauteuil au blason séculaire
Il grimpe, fait trois tours, et, pour tuer le temps,
Se couche, puis s'endort, — et seule, la paupière
De Minet endormi tressaille par moments.

Voyez son air béat ! Dirait-on pas un moine
De qui le nez a pris les tons de la pivoine
Après qu'il a dîné ?

Il dort ! et tout gonflé de bien-être et de morgue,
Ronfle comme un bedeau quand au final de l'orgue
L'office est terminé.

Dei Genitrix

A Audigier

C'est un grand vieux tableau sur fond d'or. — On y voit
La Vierge avec l'Enfant Jésus portant un globe :
Au centre un blanc ramier s'enfuit et se dérobe
Aux baisers du bambin qui le montre du doigt.

Des longs plis anguleux de sa brillante robe,
Marie a recouvert Saint Jean qui reste droit,
Pressant sur son beau corps le bois d'une humble croix;
Au front de l'Enfant-Dieu brille un nimbe trilobe.

Dans les yeux de la Mère on surprend un sourire ;
Elle est loin de penser quel sera le martyre
De celui que ses bras pressent avec amour :

Son cœur est tout rempli d'une ivresse profonde.
Oh ! la robe de pourpre au rigide contour !
Oh ! la croix des douleurs qui plane sur le monde !

A A. B.

C'était un soir d'été, sur ta tête adorée
J'avais, il m'en souvient, laissé tomber des pleurs,
Et tu penchais ton front sur mon sein, enivrée...
Puis tu levais vers moi tes yeux pleins de langueurs.

Oh ! comme nous aimions ! Sur ta tresse dorée
Le soleil épandait ses dernières lueurs,
Et dans l'ombre du soir ta figure encadrée,
Pensive, promenait au loin ses yeux rêveurs.

Un jour je te quittai... ta main pressa la mienne ;
Tu me dis en tremblant: « Que ton cœur se souvienne! »
Mais bien longtemps après, quand je suis revenu,

Un autre amour régnait sur ton âme frivole,
Et le mien, de ton cœur, comme un oiseau s'envole,
S'était enfui, — moi seul je m'étais souvenu.

Moyen-Age

A A. Thomé

Des pignons décrépits, des carrefours, des rues
Boueuses, où l'on voit quelque rare passant;
Un fantastique amas d'enseignes suspendues,
Qui, sur leurs vieux pivots, grincent au moindre vent.

Notre-Dame dressant son front voisin des nues
Que teignent les rayons empourprés du couchant;
Quelques nobles beautés un instant entrevues
Dans les vitraux bordés d'un jardin odorant.

Des joyeux *Escholiers* les tapageuses bandes
Dans les tripots fumeux mènent les sarabandes,
Et se grisent avec les gens d'armes du roi;

Puis le matin on voit des groupes d'hirondelles
Effleurer le ruisseau de leurs rapides ailes,
Ou bien se rassembler sur les bords d'un grand toit.

Le Canon Perdu

A M. E. Lafoy

Avril est revenu ; sous l'aubépine en fleur
Le colosse de bronze allonge son cou sombre,
Et l'affût démonté se couche sur son ombre,
Près des bouquets des champs, formidable dormeur !

Sur ce coin de la terre où sourit le bonheur
Contre les noirs pensers l'âme en vain lutte... et sombre,
France, qui porte au front un voile de douleur,
Combien sont tombés là ?... Dieu seul en sait le nombre.

Le sol est recouvert d'arbustes délicats ;
Le tertre vert, jadis foulé par les soldats,
Devient temple embaumé, plein d'un grave mystère ;

Et les petits oiseaux, messagers du Printemps,
Sur le canon perdu viennent de temps en temps
Chanter pour les martyrs qui dorment sous la terre.

A Hégésippe Moreau

Hégésippe Moreau !... c'est la lyre brisée
Après le premier chant, et c'est le désespoir...
Du lys qui vit un jour, c'est la fleur épuisée
Se courbant vers le sol à la brise du soir.

C'est le spectre qui dort sur la borne glacée,
Sous la neige qui tombe en rayant le ciel noir ;
C'est l'amant de la Mort : elle, est la fiancée ;
Au banquet de la Nuit tous deux viendront s'asseoir.

Une larme sur toi, noble ouvrier poète,
Fantôme auréolé ; sur ta tombe muette
Laisse-moi déposer mon humble souvenir :

Ainsi que des joyaux tes larmes sont tombées ;
Heureux le joailler qui pourra les sertir,
Ces perles de douleur à ton cœur dérobées !

A Madame M. L.

Oui, nous avons donné nos pensers et notre âme
A tous, et cependant qu'avons-nous recueilli ?...
Un succès fugitif, une larme de femme,
Un instant de bonheur pour un siècle d'oubli.

Et pourtant, nous chantons ; notre rêve, Madame,
Toujours nouveau pour nous, quoiqu'il soit bien vieilli,
Ne finit que le jour où la tremblante flamme
Jette un dernier rayon sur notre front pâli.

Nous les passons ainsi, nos plus belles années,
Et quand viennent enfin les dernières journées,
Tristes, nous détournons les yeux vers le passé.

Pensifs, nous secouons notre tête blanchie
Au souvenir lointain d'une amour infinie,
D'un rêve qu'à vingt ans on avait commencé.

Amertume

Or, nous étions en Mai, des buissons d'aubépine
Et des foins déjà verts le vent nous apportait
Les parfums mélangés, et chaque oiseau disait
La chanson du printemps de sa voix argentine.

Nous allions, éplorés, penchant sur la poitrine
Nos fronts tristes, pâlis, car notre cœur pleurait;
Nous marchions en silence ; on se remémorait
Les bonheurs disparus en montant la colline.

Dans le champ du repos, la demeure dernière
De ceux qui ne sont plus, nous menions notre père ;
Oh ! qu'il fut douloureux et navrant, cet adieu !

Le prêtre récitait sa lente psalmodie ;
J'écoutais... Au-dessus de cette tragédie
Les nuages rosés traversaient le ciel bleu.

Adieu

A Mme Rambeau

Comme un souffle léger, sur les grandes bruyères,
Passe et s'évanouit dans les vallons lointains,
Tels mes rêves dorés ont fermé leurs paupières,
Et j'ai senti le luth s'échapper de mes mains.

O mes chants inspirés ! ô mes graves prières !
Mes pauvres souvenirs, toujours tristes et vains,
Vous qui fûtes témoins de mes saintes misères,
Dites, reviendrez-vous, ô mes songes divins ?

Ma Muse, qu'à ton front où rayonne une étoile
Je dépose un baiser... Adieu !... mon œil se voile;
Un sanglot douloureux a déchiré mon cœur :

Puissions-nous quelque jour, au torrent de la vie,
Retrouver notre amour, cet amour que j'envie,
Et reprendre tous deux nos rêves de bonheur !

TABLE

Préface 5
L'Essor 7
Affinités 9
Douleur Silencieuse 12
Les Hommes de Mer 15
Poême de Mai. 20
La Cathédrale 23
La Tombe d'un Enfant 27
Soleil Couchant 30
Paysage Espagnol 34
Idylle Automnale 36
Les Ondines 40
La Coupe 43
Plaie Ouverte 46
Ma Gloire 48
Les Temps Passés 50
Floréal. 53
A une Tzigane 55
La Prière de l'Arabe. 57

A l'Infidèle 60
Dernière Croyance. 63
Les Vieux 65
L'Aveugle 67
Désir 71
Songes Vagues 73
Découragement 74
Les Cigales 76
Aux Manes d'Alfred de Musset 79
A Marguerite 85
L'Être Aimé 89
Adieu ! 91
Pompadour. 92
Le Fou 93
Job 94
L'Espoir dans l'Avenir 95
Eau-Forte. 96
Sonnet Poudré 97
Douce Pensée. 98
Ton Souvenir. 99
A ma Mère. 100
Ophélie. 101
La Chatelaine 102
Hai-Ka-o-li 103

Tristesse 104
Vieux Souvenir 105
Les Cloches 106
Après le Rêve 107
A un Buste de Terre Cuite 108
Notre Tour 109
La Sixtine. 110
Minuit 111
Madrigal 112
Les Panoplies 113
Le Sourire 114
Les Carmes 115
Envoi 116
A Mlle Eugénie L. 117
Un Mot du Cœur 118
Rêve Creux 119
Rêve de Printemps. 120
La Fleur Rare 121
Le Sonnet de René. 122
Le Sonnet de Jeanne 123
Le Renouveau 124
Le Chat 125
Dei Genitrix. 126
A A. B. 127

Moyen-Age. 128
Le Canon Perdu. 129
A Hégésippe Moreau 130
A Madame M. L. 131
Amertume 132
Adieu. 133

www.ingramcontent.com/pod-product-compliance
Ingram Content Group UK Ltd.
Pitfield, Milton Keynes, MK11 3LW, UK
UKHW021108290826
14628UKWH00014B/1076

9 782019 956967